DATE DUE

APR 3 0 2002		
JUL 3 1 2004		
		Printed in USA

álbum espasa

A Lía y Olmo, dos niños nacidos
en circunstancias extraordinarias

© Vivi Escrivá
© Espasa Calpe, S. A., Madrid, 1991

Depósito legal: M. 27.655-1998
ISBN 84-239-2585-4

Impreso en España/Printed in Spain
Impresión: UNIGRAF, S. L.

Editorial Espasa Calpe, S. A.
Carretera de Irún, km 12,200. 28049 Madrid

Vivi Escrivá

Cuando Lía dibujó el mundo

Séptima edición

ESPASA

Después de la última batalla sucedió un gran cataclismo
y la tierra quedó sumida en la oscuridad y el silencio.

Todo signo de vida había desaparecido. Los árboles se secaron.
Las aves y los peces habían desaparecido.

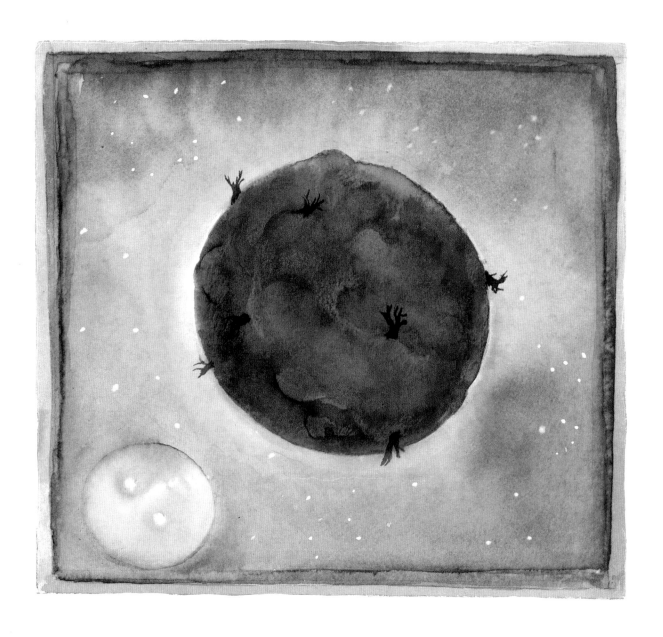

De los animales que caminan a cuatro patas y los que se deslizan,
desde el elefante al ratón..., no había quedado nada.
El sol y la luna al ver lo sucedido habían partido
hacia un universo menos hostil.
El mundo era una triste pelota negra.
... Y reinó el silencio.
Fue entonces cuando Lía salió de su escondite y vio que estaba sola.

Todo estaba oscuro, no había sol ni luna, ni pájaros,
ni niños..., y Lía se puso a llorar.
Subió a lo más alto de la montaña y gritó muy fuerte.

Sólo el eco le devolvió su propia voz.
Y entonces Lía comprendió que estaba irremediablemente sola.
Lloró, lloró y lloró hasta que sus lágrimas hicieron un río.

El río se hizo grande y caudaloso y ella continuaba
llorando mientras se deslizaba por el río de sus lágrimas.

El sol y la luna oyeron el estruendo de las aguas.
Cuando vieron a Lía sobre el río caudaloso se alegraron.

Las lágrimas de Lía hicieron brotar un árbol seco.
Al árbol le salió una rama verde, luego otra, luego otra...
Lía tomó un palito y dibujó sobre la tierra húmeda un pez.
El pez saltó al río exclamando:

—¡Tengo hambre!
De la rama nació una flor, la flor se hizo manzana.
En la manzana había un gusano que cayó al agua
y el gran pez color esmeralda se lo tragó.

Lía dibujó un pájaro. Hubiese querido que fuese
una paloma, pero no parecía una paloma.
Era tan estrambótico que Lía lo miró sorprendida.
—¿De qué te asombras? —le preguntó el pájaro.
—No parece una paloma ni nada —contestó Lía.

—Entonces me llamaré *Ni nada* —dijo el pájaro.
Ella le puso colores que ningún otro pájaro tenía.
Ni nada revoloteó inundando todo de color.
Al sol y la luna les gustó lo que veían.
—¡Nos quedamos! —dijeron.

Y así Lía siguió dibujando animales, árboles, flores...
Un árbol que camina. Una flor que danza y canta ópera.
Un ratón con las patas demasiado largas.
Una gallina del tamaño de un dragón.
Y un dragón del tamaño de una gallina.

De leer tantas veces *Alicia* dibujó al conejo casi perfecto.
Nada era como había sido antes y Lía había realizado
su deseo de que cambiaran todos los colores del mundo.
—¡Me gustaba ser verde! —se enfadó la rana.
Lía la cubrió de lunares verdes.

Al llegar la noche se durmió bajo el baobab,
cubierto de flores blancas, y soñó con sus amigos.
Los niños que aparecían en su sueño estaban muy tristes.

Al despertar quiso dibujarlos tal como los recordaba.
Miguel resultó un poco pequeño, Andrés quedó tal como era,
y María conservaba su cara redondita.

—¡Dibújanos una pelota! —pidieron los niños.

Lía les hizo una pelota y los niños se pusieron a jugar.

—¡Yo quiero tener un amigo! —dijo el ratón de las patas largas.
—¡Queremos un amigo! —gritaron todos.

Lía trabajó hasta que el palito con que arañaba la tierra
se desgastó y todos quedaron contentos.

Subió a lo alto de la montaña y Lía vio que no estaba sola.
Gritó y el eco de otras muchas voces le respondió.
Cuando al llegar la noche se durmió, bajo el baobab
cubierto de flores blancas,
soñó algo muy hermoso porque sonreía.

Nací en Valencia en 1939. Aún añoro el olor de mi tierra
en aquellos años. Desde mi balcón se veía la huerta
y algo más lejos el azul intenso del mar.
En la primavera toda la ciudad se impregnaba de perfume de azahar.
Los días de fiesta, mis padres, que eran pintores,
cogían sus bártulos de trabajo y, seguidos de sus cuatro hijas,
se internaban en las huertas buscando un lugar mágico que les inspirara.
Nosotras correteábamos a su alrededor o bien intentábamos
dibujar el paisaje como ellos.
Mis primeros juguetes fueron los lápices y los papeles.
Yo me hacía los recortables, los teatritos y los cuentos.
Me parece que fue entonces cuando comencé a sentir la pasión de ilustrar.
Después ingresé en la Escuela de Bellas Artes
para estudiar pintura y escultura.
Me casé también con un pintor y tuve dos hijas,
que también son ilustradoras.
Cuando descubrí el maravilloso mundo de las marionetas
me dediqué con ilusión a construirlas.
Hice muchas. Las más conocidas son las de «El retablo de Maese Pedro»
de Falla que montó televisión hace años.
Me gusta mucho mi trabajo de ilustradora
porque me permite comunicar a los niños mi pasión por el arte.
Últimamente me gusta escribir mis propios cuentos, como en este libro.
No sé si lo hago bien o mal, pero intento transmitir
esta magia en la que creo profundamente.

VIVI ESCRIVÁ